기획의 말

그리운 마음일 때 'I Miss You'라고 하는 것은 '내게서 당신이 빠져 있기(miss) 때문에 나는 충분한 존재가 될 수 없다'는 뜻이라는 게 소설가 쓰시마 유코의 아름다운 해석이다. 현재의 세계에는 틀림없이 결여가 있어서 우리는 언제나 무언가를 그리워한다. 한때 우리를 벅차게 했으나 이제는 읽을 수 없게 된 옛날의 시집을 되살리는 작업 또한 그 그리움의 일이다. 어떤 시집이 빠져 있는 한, 우리의 시는 충분해질 수 없다.

더 나아가 옛 시집을 복간하는 일은 한국 시문학사의 역동성이 드러나는 장을 여는 일이 될 수도 있다. 하나의 새로운 예술작품이 창조될 때 일어나는 일은 과거에 있었던 모든 예술작품에도 동시에 일어난다는 것이 시인 엘리엇의 오래된 말이다. 과거가 이룩해놓은 질서는 현재의 성취에 영향받아 다시 배치된다는 것이다. 우리는 현재의 빛에 의지해 어떤 과거를 선택할 것인가. 그렇게 시사(詩史)는 되돌아보며 전진한다.

이 일들을 문학동네는 이미 한 적이 있다. 1996년 11월 황동규, 마종기, 강은교의 청년기 시집들을 복간하며 '포에지 2000' 시리즈가 시작됐다. "생이 덧없고 힘겨울 때 이따금 가슴으로 암송했던 시들, 이미 절판되어 오래된 명성으로만 만날 수 있었던 시들, 동시대를 대표하는 시인들의 젊은 날의 아름다운 연가(戀歌)가 여기 되살아납니다." 당시로서는 드물고 귀했던 그 일을 우리는 이제 다시 시작해보려 한다.

기획의 말

그리운 마음일 때 'I Miss You'라고 하는 것은 '내게서 당신이 빠져 있기(miss) 때문에 나는 충분한 존재가 될 수 없다'는 뜻이라는 게 소설가 쓰시마 유코의 아름다운 해석이다. 현재의 세계에는 틀림없이 결여가 있어서 우리는 언제나 무언가를 그리워한다. 한때 우리를 채워 주었으나 이제는 읽을 수 없게 된 옛날의 시집을 되살리는 작업 또한 그 그리움의 일이다. 이런 시집이 빠져 있는 한, 우리의 시는 충분해질 수 없다.

더 나아가 옛 시집을 복간하는 일은 한국 시문학사의 이중성이 드러나는 장을 여는 일이 될 수도 있다. 하나의 새로운 예술작품이 창조될 때 일어나는 일은 과거에 있었던 모든 예술작품에도 동시에 일어난다는 것이 시인 엘리엇의 오래된 말이다. 과거가 이룩해놓은 질서는 현재의 성취에 영향받아 다시 배치된다는 것이다. 우리는 현재의 빛에 의지해 어떤 과거를 선택할 것인가. 그렇게 시사(詩史)는 뒤돌아보며 전진한다.

이 일들을 문학동네는 이미 한 적이 있다. 1996년 11월 황동규, 마종기, 강은교의 첫 시집들을 복간하며 '포에지 2000' 시리즈가 시작됐다. "생이 빛났고 한가할 때 이따금 가슴으로 암송했던 시들, 이미 절판되어 오래된 명성으로만 만날 수 있었던 시들, 동시대를 대표하는 시인들의 젊은 날의 아름다운 연가(戀歌)가 여기 되살아납니다." 당시로서는 드물고 귀했던 그 일을 우리는 이제 다시 시작해보려 한다.

달과 뱀과 짧은 이야기

문학동네포에지 066

장옥관 시집

달과
뱀과
짧은
이야기

시인의 말

말과 말의 틈을 벌려 숨을 불어넣고 싶었다.
생각의 고삐를 늦추고
말을 앞에 세우고자 했다.
의도와 결과는 어긋날 수밖에 없으니
시도 그 자체에 의미를 두어야 할 것 같다.
그나마 다행인 것은
밖으로만 떠돌던 시를
몸 가까이 조금 붙일 수 있게 되었다는 점이다.

2006년 가을
장옥관

개정판 시인의 말

16년 만의 복간이다.

관 뚜껑 닫은 지 오래되어 살은 흩어지고 뼈만 남았는데
새삼 불러내는 게 과연 옳은 일인지.

복간에 즈음해,
오늘날의 감수성에 어긋난 구절들을 걷어냈다.
읽어보니 압력 장치가 고장난 밥솥에서 지은 밥처럼
푸슬푸슬한 느낌이 든다.

찰기 없는 불편한 밥이 몸에는 더 좋다는
세간의 말을 믿기로 했다.

분골을 수습하고 일어서니
내 일이 아니라 여겼던 내일이 바투 다가와 선다.

2022년 겨울
장옥관

차례

3부

4부

1부

걷는다는 것

길에도 등뼈가 있었구나

차도로 다닐 때는 몰랐던
길의 등뼈

인도 한가운데 우둘투둘 뼈마디
샛노랗게 뻗어 있다

등뼈를 밟고
저기 저 사람 더듬더듬 걸음을 만들어내고 있다
밑창이 들릴 때마다 나타나는
생고무 혓바닥

거기까지 가기 위해선
남김없이 일일이 다 핥아야 한다

비칠, 대낮의 허리가 시큰거린다

온몸으로 핥아야 할 시린 뼈마디
내 등짝에도 숨어 있다

가오리 날아오르다

경주 남산 달밤에 가오리들이 날아다닌다
아닌 밤중에 웬 가오리라니

뒤틀리고 꼬여 자라는 것이 남산 소나무들이어서
그 나무들 무릎뼈 펴 둥싯, 만월이다

그럴 즈음은 잡티 하나 없는 고요의 대낯이 되어서는 꽃, 새, 바위의 내부가 훤히 들여다보이고 당신은 고요히 자신의 바닥으로 가라앉을 것이다
그때 귀 먹먹하고 숨 갑갑하다면 남산 일대가
바다로 바뀐 탓일 게다

항아리에 차오르는 달빛이 봉우리까지 담겨들면
산꼭대기에 납작 엎드려 있던 삼층석탑 옥개석이 주욱, 지느러미 펼치면서 저런, 저런 소리치며 등짝 검은 가오리 솟구친다
무겁게 어둠 눌러 덮은 오랜 자국이 저 희디흰 배때기여서
그 빛은 참 아뜩한 기쁨이 아닐 수 없겠다

달밤에 천 마리 가오리들이 날아다닌다

골짜기마다 코 떨어지고 목 사라진 돌부처
앉음새 고쳐 앉은 몸에

금강소나무 같은 굵은 팔뚝이 툭, 툭 불거진다

일월(日月)

—칠포리 암각화

동해 영일만은 불씨를 안은 아궁이
그중에서도 내밀한 곳은 일월을 품은
칠포 포구인데
그 물굽이, 이름 그대로
하루씩의 햇덩이를 맞이하는 초례청이어서
수수억 년 파도와 바람이 애무한 둥그스름 구릉은
애솔조차 없는 밋밋한 억새 언덕
가느스름 실눈에 들어오는 실루엣이
틀림없는 여근곡이다
이끼류 습기 늘 축축한 계곡
구릉 갈라지는 옴팍한 치골에 하필이면 누가 기호를 새겨놓았나
쪼그리고 앉아 더듬더듬 만져보니
어라, 화살 박힌 방패 그림
화살촉이 뚫고 들어갔는데 나온 흔적은 없으니
이를 데 없는 모순, 청동빛 근육의 떨림이
손바닥에 아득히 전해오고
화살이 박혀드는 그 순간
땅에는 뱀이 울고 바다에는 고래가 춤을 추어 알곡 쏟아지는 대낮에 북두칠성이 쏟아져내리고 캄캄 천 길 어둠 속
불덩이 뜨겁게 끓어올랐겠다
밀고 당기는 일월이여
아궁이 숨 불어넣는 풀무질이여

은비늘 멸치떼 안겨드는 봄바다 사타구니 그곳을
나도 모르게 불끈, 움켜쥐느니

홍어

—문인수 시인의 시 「도다리」를 읽고

건드리면 금세 몸 둥글게 말아 넣는 공벌레처럼
앉기만 하면 굽은 등 한껏 휘어지게 당겨 구석에 기대앉는 사람이 있다
숨고 싶다는 걸까 그 삶, 정면이 아닌 이면
축축한 곳에 손 집어넣고 비켜서서 살아온 셈이다
둥근 공처럼 둥글게 무릎깍지 끼면 어떤 발길질에도 충격이 내부로 전달되지 않는다는 걸까
그 속은 참 캄캄하겠다
썩어 문드러졌겠다 홍어, 수심 수백 미터 아래 어둡게 엎드려 사는 물고기
오직 견딤을 보호색으로 삼는 물고기
삼투압의 짜디짠 짠물이 몸속으로 스며들지 못하도록
소금보다 짠 소태 오줌 채워 사는 법을 익혔다
화주를 즐기거나 담배라도 독한 담배
조선간장 한 숟가락 듬뿍, 고춧가루 한 숟가락 듬뿍
도무지 싱거운 맛은 믿을 수 없다는 투다
그러기에 궤양의 위장은 늘 헐어 있겠다
그 무슨 무시무시한 생활이 짓눌렀을까 홍어, 바닥으로 바닥으로 슬픈 부채처럼 거친 발길 피해 숨어산다
하지만 가끔 부챗살을 활짝 펼쳐 치솟을 때가 있다
온몸이 지느러미가 되는 순간이다
검은 등짝이 숨긴 희디흰 배때기는 만월처럼 환하게 떠올라 바다의 속셈을 헤아리기도 한다
힘껏 내지르는 한 주먹,

곰삭은 홍어의 내부가 문자로 떠올라 번개처럼 콧등을 때린다 머릿골을 후벼판다
투박한 손바닥이 번쩍! 귀싸을 올려붙인다
이글이글 타오르는 불꽃의 산호,
그 독한 오줌맛!

달과 뱀과 짧은 이야기

은빛 수레바퀴 밤새 하늘을 굴러다닌다는 전월사, 동짓달 북향의 골짜기는 옴팍해서 달빛 담기에 맞춤한 옹배기랍니다

도시 인근 흔히 있는 이 암자 주인은 올해 갑년을 맞은 비구니, 법명이 달풀이라 하시는군요 여섯 살 나이로 경주 함월산에서 계를 받았다는데요

먹물옷 말고는 딴 맘 딴 옷 가져보지 못한 채 다 늙은 사람의 심정이사 뒷산 오리나무나 짐작할 뿐 제 잇속이나 셈하는 복장 시커먼 도둑이 알 바 아니겠지요 그러나 인연 닿은 곳마다 굳이 달을 갖다붙이는 여자의 마음은 알 듯 말 듯하구요

낯모르는 이가 내미는 찐빵 이천 원어치에 빗장 지른 마음 덜컥 열어젖히는 혼자 사는 늙은이, 해 짧고 달 긴 동짓달 속사정을 알 만한 사람은 다 알지만서두 휘영청 초저녁에 뜬 달이 한잠을 자고 나와봐도 그 자리, 다시 깨어봐도 그 자리,

도무지 눈꺼풀 없는 밤이라는군요

그런 밤이사 얼음조각 머금은 듯 차고 시린 달이 어둑새벽까지 띠살문 밝혀서 안 그래도 가난한 우리 스님의 몸이 더욱 말라붙었겠구요 뒷산 솔숲 소쩍새 목쉰 소리

에 마당의 찬 우물도 덩달아 깊어졌겠지요

하지만 우리가 아는 것은 조금 아는 것이어서 세상의 일을 어찌 이루 다 짐작할 수 있겠습니까 이 장지문 바로 건너 대웅전 마루 아래 뱀 소굴이 숨어 있다는데요 법당이든 부엌이든 심지어 하루는 늦은 밤 티브이 위에 똬리 틀고 혀 날름대고 있더라는 이야기

생각건대 달풀 우거진 보름달 속에는 수천수만 실뱀들 똬리 틀고 있는 건 아닐는지 그 달빛, 얼키설키 뒤엉켜 뭉쳤던 은빛 실뱀들 오리오리 풀려 밤이면 밤마다 마룻장 아래 모여드는 건 아닐는지 그래서 늦은 밤 법당 안이 이따금 해바라기처럼 환해졌던 건가

이리 몸 섞고 저리 몸 뒤엉켜 겨울잠 자는 뱀들이 뿜어내는 자기장 동짓달 둥두렷이 보름달로 굴러가고,
어떤 못된 뱀은 아궁이 통해 불 꺼진 몸속으로 자꾸 파고들고, 그때마다 처마를 받든 두리기둥은 화들짝 뿌리가 굵어졌겠지요

그예 날 저물어 기어코 잡는 손길 뿌리치고 일어서다 보니 아뿔싸, 기왓골 타고 굴러온 달, 달풀 스님 목에 얹힌 달덩이에 혓바닥이
두, 두 가닥으로 갈라져 있습니다, 그려

가부좌 틀고 앉아 새끼를 낳다

앉음새는 두말할 것 없이 가부좌이다
가부좌 틀고 앉아 새끼 낳는 짐승을 보려거든 경주 남산에 오를 일이다
복장 시커먼 늙은 도둑처럼 골짜기로 숨어들어
산꼭대기 소슬하게 얹힌 한 채 석탑 아래 앉아 조바심 보태면
큰 짐승의 어두운 앉음앉음 너머로 주먹 하나가
불끈 솟구치는데
어, 어 입다물 사이도 없이 가부좌한 가랑이 사이로
꿈틀꿈틀
검붉은 대가리의 핏덩이가 힘껏 빠져나오니
아, 앉은 채로 새끼 낳는 일의 장엄함이여
피비린내 물씬 풍기나
여물 씹는 희미한 냄새도 묻어난다
갓 태어난 짐승의 눈동자는 어리둥절 핏기 채 가시지 않아 아직은 미혹, 미명일 때 이윽고 떫은 감 같은 피막이 걷혀
말간 홍시로 중천에 둥싯 떠올라
골짜기 구릉 할 것 없이 구석구석 어둠을 닦아낸다
도둑질로 이골 난 이 축축한 마음까지도
죄 내다 말려주는
저 달빛!
남산 골짜기 부처가 가부좌 틀고 앉아 새끼를 낳는다
물소리도 둥글게 이 밤 허물을 벗는다

봄 외출

고삐를 풀어놓았다

몸집 작은 까만 개가 살여울처럼 뛰쳐나간다 치켜든
꼬리 아래 아, 항문이 복사꽃 같다
영문 모르는 벚꽃이 놀라 몸을 움츠린다
노란 민들레꽃 지린내
아른아른 아지랑이 피어오른다

오줌을 갈긴다 앞서 달려나가던 개가 찔끔 오줌을 갈
기니 따라가던 놈이 그 자리에 다시 갈긴다
나무가 움찔 진저리친다
지린내 노랗게 뿌리로 스며들어 숨가쁘겠다
가쁜 숨결,
소용돌이치는 하늘 팽팽하게 괄약근이 조여든다

씨방 속 씨알 둥그스름 굵어지겠다

봄날이었다

때는 이른 봄날이어서
겨드랑이가 괜히 가려운 봄날이어서 묵은 먼지 뒤집어 쓴 지붕조차 들썩거리는 동네 어귀 밥집에서
늦은 점심을 먹을 때

참새들 뛰어내리는 걸 본다
농짝에 뭉쳐 끼워놓은 양말짝 같은 조막만한 몸집으로 옹벽 위에서 내려앉는 걸 본다
포르르포르르
고것들은 뛰어내린다 겁없이 뛰어내린다 의심 없이 뛰어내린다
두루마리 풀리듯 부드럽게 내리는
둥근 포물선
오, 그러나 놀라운 일은 그것들이 날아오르는 모습
다 본 비디오 필름 되감듯이
그 자리에서, 앉은 그 자리에서 그대로, 곧바로 솟구치는 것이다
준비도 없이 도움닫기도 없이
포로롱포로롱
고것들은 떠오른다 의도도 없이 떠오른다 떠오른다는 생각도 없이 떠오른다

기운 자국 하나 없이 온전히
둥근 모음

결들였던 반주 탓인가 겨우내 각지고 맺힌 마음조차
어른어른 온통 휘발하는
아지랑이 이 봄날

공기 예찬

시인은 공기 도둑이라는 말도 있지만*
공기 한줌을 거저 얻어서
온종일 넌출넌출 즐거움이 넝쿨로 뻗어간다
물이나 햇빛, 공기 따위를
런닝구 사 입듯 사고팔 수는 없겠지만
눈썹 펴고 건네는 인사조차 이웃 간에 거저 얻기 힘든 터에
허구한 날 지나다니면서도 몰랐던
동네 카센터
얘기 나누던 손님 기다리게 해놓고, 모터 돌리고 호스 연결해 낡은 자전거 앞타이어에 탱탱하게 바람 넣어주고, 시키지 않은 뒷바퀴까지 빵빵하게 공기 채워주는데
삯이 얼마냐 물었더니
옥수수 잇바디 씨익, 그냥 가시란다
햐, 공짜!
공으로 얻은 공기 채운 마음
공처럼 둥글어져서
푸들푸들 가로수가 강아지처럼 마냥 까부는데
페달 밟으니 바퀴 버팅기고 있던 살대가 모조리 지워지고 동그라미 두 개만 떠오른다
비눗방울처럼 안팎이 두루 한 겹 공기로 채워진
무게 없는 것들
발목 잡는 삶의 수고와 중력 벗어나 구름과 나와 자전거는 이미 한 형제가 되었으니

텅텅 속 비운 지구가
공기 품은 민들레 씨앗처럼 한껏
위로 위로
공중에 떠오르는 것이었다

* 러시아 시인 만델슈탐(O. Mandel'shtam)의 시구.

나무 라디오

아홉 장 목련 꽃잎은
위성 안테나를 닮았다 공기 속에 숨은 노래와 춤을 끄집어내는 라디오처럼
나무의 몸에는
천상열차분야지도(天象列次分野之圖)가 새겨져 있다

그래, 만리항적(萬里航跡) 도요새가 나침반을 가지고 다니지는 않을 거야

은실 흑실 몸 바꾸는 뱀장어가 짠물로 나가면서 자목련빛 혼인색을 띠는 게 어찌 기적이 아니고 뭐겠어

우주국 단파 방송의
난수표를 읽어내는가, 저 느티나무 고정간첩
쫑긋

여린 귀를 내밀고 있구나

달포 전에 사온 밑동만 남은 무

삐이익, 잘못 맞춘 사이클처럼 튀어나온다
검은 비닐봉지 속 눈뜬
새파란 불꽃

꽃

그거 아세요? 벚꽃은 수분(受粉)이 되지 않고는
떨어지지 않는다는 사실
아무리 몽둥이 휘두르고 끓는 물 갖다 부어도 수분하지 않고서는 꽃잎 떨구지 않는다는 사실
수분 끝난 꽃들은 그러나,
미풍에도 금세 사르륵 흩어지고 말지요

참 집요한 섹스를 가졌어요
허긴 발정기의 동물들 생식기 그게 바로 꽃이 아닌가요?
짝짓기하는 새소리 또한
공중에 흩뿌려지는 정액질 아닌가요?

꽃과 짐승은 한 배꼽에서 자란 형제들, 돌아다니고 안 돌아다니고 간에 이미 한 배꼽이라는 거죠
그러므로 섹스가 우주의 배꼽이라는 거죠
제가 곧 꽃이라는 거죠

별안간

휙, 새 한 마리
지나갔다
눈 깜박할 새였다
별안간(瞥眼間); 눈 잠시 감았다 뜨는 동안
달리는 러닝머신 위에서 티셔츠를 벗는 순간
그 잠시 잠깐 동안
휘청, 했다 지구의 축이 기우뚱했다
별안간; 눈 깜빡하는 동안, 집달리가 찾아오고 구급차가 길을 막아서고 토끼 같은 딸은
사창가로 팔려 가기도 한다 그래, 눈 한번 감았다 뜨는
순간, 하루살이 한평생이 다 지나간다
별안간; 그 길고 긴 시간
한 마리 새가 휙,
지나가는 동안
그 새 잠시 열어보였다가 닫은 셔터
속, 나는 다 보았다
별안간 보았다
그 축축하고 냄새나는 어둠의 내장을,

2부

달의 뒤편

등 긁을 때 아무리 용써도 손닿지 않는 곳이 있다 경상도 사람인 내가 읽을 수는 있어도 발음할 수 없는 시니피앙 '어'와 '으', 달의 뒤편이다 천수관음처럼 손바닥에 눈알 붙이지 않는 한 볼 수 없는 내 얼굴, 달의 뒤편이다 물고문 전기고문 꼬챙이에 꿰어 돌려도 모르는 것은 모르는 것 더듬이 떼고 날개 떼어 구워 먹을 수는 있어도 빼앗을 수 없는 귀뚜라미 울음 같은 것, 내 눈동자의 뒤편이다

오줌꽃

혼자 쓰는 작업실 생수 담는 페트병에 오줌을 누기도 하는데 오줌 누러 갈 때 보는 수수꽃다리 꽃구름도 좋고 오줌 누며 보는 옷고름 풀어헤친 구름꽃도 가끔 좋지만 뿌리내린 의자처럼 만사 귀찮고 다 귀찮을 때는 앉은자리에서 그냥 오줌을 눈다

오늘 문득 오줌 담아놓은 묵은 페트병 들여다보니 허옇게 곰팡이꽃이 피어 있다

어라, 내 몸이 꽃을 피웠구나!

내 몸에서 빠져나온 꽃향기 깊이 들이쉬니
암향(暗香)이 그윽하게 향그럽다

나 죽어 땅에 묻히면 이 꽃들 먼저 찾아오리라
아득히 내 몸을 덮어주리라

꽃이 진 자리

이를테면 열매는 불알이다 노오란 개나리 보지가 만들어낸 소담스러운 소망,
지금까지 내 생활은 꽃만 보았다

꽃이 진 자리, 가만히 들여다보니
수줍게 익어가는 개나리 아기가 누워 있다. 누에똥만 한 게 꼭 풋감을 빼어닮았다

이 한 알을 빚기 위해 나무는 얼마나
오래 몸 비틀었을까

배 아프다며 학교도 안 가고 누워 있는 아이의 배꼽에 손을 얹으며 세세연년 낫지 않는 부스럼 딱지 같은 마른 꽃,
한아름 받아 안는다

순하디순한 짐승의 눈망울을

유기농 초록마을에서 사온 거봉포도를 껍질째 씨앗째 우걱우걱 씹다가 문득,

순하디순한 짐승의
눈망울을 씹고 있다는 느낌

꽃과 나비와 햇빛이 공들여 만들어놓은 아기를…… 그들의 사랑의 징표인 웃음을……

아, 나는 도무지 사람일까 아닐까 부디 바라건대 다디단 과일들이여

내 몸에 떡잎을 틔워다오
이곳 말고는 뿌리내릴 곳 바이없으니

그대와 나,
여기에서 일치를 이루자

곤충의 울음이 아니라

이를테면 오르가슴이 아닐까
팔월 대낮 녹음 짙은 왕벚나무에 달라붙어 핏줄 속 피란 피, 검붉게 졸아붙게 만드는
저 소리는

곤충의 울음이 아니라, 나무의 교성

아니라면 지난봄 꽃떨기, 떨기
펑, 펑 터져오르던 그 지독한 꽃멀미를 어찌 납득할 수 있으랴 숯덩이 삼키듯 온몸 불붙어도 실 토막 같은 신음 한마디 뱉지 않던
그 지극한 고요를 어찌 이해할 수 있으랴

그러므로 이 귀 따가운 소리는 말 그대로 아리따운 소리(嬌聲), 일찍 혼자된 큰언니 귀 얇은 한옥 건넌방에 둔 신혼의 이모네 낮밤처럼

세상 모든 짝 없는 것들 위해
속 깊은 나무는
한 번은 귀로 한 번은 눈으로
두 번
꽃을 피우는 것이다

꽃피는 소리

장마 끝나자
말매미 소리 전기 드릴로 귀청을 뚫어댄다
귀에는 마개가 따로 없어 오면 오는 대로 받아줘야 하는데
군령(軍令) 같은 그 소리 찾아오면
서리 내린 배추밭처럼 다른 소리들은 일절 숨을 죽인다
사이렌 울리면 인적 사라지는 민방공 훈련처럼
머릿속엔 하얗게 폭설이 내린다
일단 들어오면 아무리 채찍 휘두르고 대포 쏘아도 쫓아낼 수 없는 그 소리
보도블록 틈에 낀 잡초 같은 생각을 일거에 말려버리는 그 소리
몸이 외치고 몸만이 알아듣는 그 소리
막무가내 네 몸에 지금
톱니 모양 꽃피는
소리

맨드라미, 닭벼슬 붉디붉다

문득 찾아든 그 생각에
터질 것 같은 머리통이 그럴까 맨드라미, 닭벼슬 붉디붉다

한번 붙으면 펄펄 끓는 물 뒤집어써야 떨어지는 동네 개들의 부젓가락 같은 성
맨드라미, 닭벼슬 붉디붉다

생각이 있는 곳에 피가 가고 피가 몰리고 몰리면
우듬지에 꽃이 핀다

저기, 저
달아오른 꽃이삭

사타구니 검붉은 시울에 달라붙는
저 겹눈의 시장기는
언제 누가 와서 달래주느냐

그 나무

춤을 추고 있다

하필이면 환한 대낮 동쪽이어서 대형 스크린 같은 아파트 흰 벽면에 뚜렷하게 달라붙어 비비고, 빨고, 문지르고, 쥐어뜯으며
홀로 춤추고 있다

저기는 고요의 나라인가, 숨 몰아쉬는 소리
파르륵파르륵 곧 숨넘어가는 소리 금세 손에 만져질 듯한데 내려다보면 물 먹은 마분지처럼 소리 한 점 안 들린다

초록 색신(色身) 벗어던지고 단색 모노크롬으로 바꾼 까닭 일일이 다 짐작할 수 없지만
저 나무,
시멘트 벽면에 막무가내 달라붙어
밀치면 부여잡고 밀어내면 다시 엉겨붙는,

차마 안쓰러워 창문 닫고 잊었다가
비 오시어 새삼 내려다보니

어, 그 나무 그새 사라지고 말았다
그 격렬한 춤사위 가뭇없이 사라졌다

도무지 어디로 갔을까 그 나무,

아픔도 슬픔도 없이
죽어서 마침내 죽음 벗어버린

날계란 한 판이 몽땅 깨지듯이

일요일 한낮
싱싱한 계란이 왔어요오, 굵고 싱싱한 계란이 한 판에 삼천 원! 마이크 소리 성가시게 달라붙는가 했더니, 갑자기
목소리 톤이 바뀌면서

삼식아, 삼식아! 너 삼식이 맞지!

날계란 한 판이 몽땅 깨지듯 조여드는 느낌

—무슨 일일까?
—돈 떼먹고 달아난 고향 친구일까?
—봉순이 엄마 꼬임에 넘어가 도망간 막내일까?

2.5톤 트럭 문짝 탕! 닫히는 소리, 계란 속 병아리들 일제히 눈뜨는 소리, 더위 먹어 늘어진 전깃줄 팽팽하게 당겨지는 소리, 소금 절여놓은 배추 퍼들퍼들 살아나는 소리, 돋보기 속 흐릿한 글자 무릎뼈 한번 더 펴는 소리

삼식아!

횃대 위에 활개 치는 저 소리

10년 묵은 녹 벗겨낸 생철 같은 저 소리
무정란 계란 같은 내 맘에 왕소금 뿌리는 저 소리

쥐면 꺼지는 봉곳한 공갈빵처럼

소줏집에서 등골 안주가 사라졌다 광우병 탓이다 광우병의 잠복기간은 5년, 올해 86세 친구 아버지 광우병 파동 뉴스 본 뒤엔 퇴근길 아들이 자주 사 들고 오던 등골에 젓가락 일절 대지 않더라고,

또 이런 이야기; 아파트 노인정에 나가는 게 유일한 낙인 82세 장모님 며칠째 칩거하시는데 사연인즉, 말기암에 걸린 그 할마씨 점심상에서 얼굴 마주하면 도무지 밥덩이가 넘어가질 않아서,

아흔을 넘기고는 끼니마다 밥공기에서 밥 덜어냈다는 이웃 할머니, 며느리 볼일 보러 나간 밥상에서는 식은밥 한 공기 말끔히 비우신다는 할머니, 같은 사람일까 다른 사람일까

아, 그랬던가 무릇 생이란
쥐면 꺼지는 봉곳한 공갈빵처럼 속이 비어서
산수국 헛꽃에 죽자고
달려드는
저 겹눈의 허기에 바닥은 없다

이 더위

올 더위가 10년 만에 찾아온 거라고 한다
이 더위, 10년 전에 만난 적이 있었던가 기억이 통 없다 10년 동안 딴살림이라도 차렸더란 말인가
늙고 병들어 찾아든 아버지, 무슨 낯짝에 버럭버럭 화만 내는 아버지처럼
숨이 턱턱 막히는 섭씨 39도
증오하는 만큼 더위는 더 기승을 부린다
짐짓 허세 부리지만
기실 더위만큼 불쌍한 것도 더 없다
아무도 그 곁에 가길 원치 않기 때문이다
더위가 들어오지 못하게 에어컨 켠 창문 꽁꽁 닫고 지내는 사람은 모를 것이다 더위가 얼마나 자신을 사랑하고 있는지를,
손가락 끈적끈적 달라붙는 폭염에 털실뭉치 같은 강아지 안고 다니는 사람들은 알 것이다 언제 어디든 틈만 보이면 안기려는 게 사랑이라는 것을,

10년 만에 찾아온 이 더위, 실은 달포 전까지 솜털 보송한 애송이였다
달포 지나고 다시 달포 지나고 나면
당신은 문득 발견할 수 있으리라
방충망 틈에 끼여 파르르 떨다 사라져간 그것의 작은 뒷다리를

돋보기 맞추러 갔다가

옛애인에게서 전화가 왔다 보험 하나 들어달라고, 성대도 늙는가 굵고 탁한 목소리 10년 전 이사 올 때 뭉쳐 놓았던 고무호스, 벌어진 채 구멍 오므라들지 않던 호스가 떠올랐다

오후에 돋보기 맞추러 갔다가 들은 이야기: 흰 모시 치마저고리만 고집하던 노마님이 사돈집에 갔다가 아래쪽이 조여지지 않아 마루에 선 채로 그만 실례를 하셨다는데

휴지 가지러 간 사이에 식어버린 몸, 애걸복걸 제 몸에 사정하는 딱한 사연도 있다 조이고 싶어도 조일 수 없는 불수의근, 몸 조여지지 않는데도 마음 사그라지지 않는 난감함,

늙음이다 시니피앙과 시니피에가 실은 남남이듯 몸과 마음 하나가 아니라 둘이라는 것, 찬물에 발바닥 적시듯 저 스스로 느끼기 전엔 도무지 알 수 없는 사실, 그것이 늙음이다

무슨 일이 있었던가

늦은 점심 먹고
골목에 내놓았던 알루미늄 식반
볼일 보고 돌아오다 보니 먹다 만 음식이 자작자작 말라붙고 있다
불어터진 당면이 국물에 말아놓은 밥에 걸쳐 있고 고춧가루 범벅 김치찌개가 냄비 안에 걸쭉하다 목련나무에 묶인 눈곱 낀 똥개가
군침 흘리며 지그시 노려보고 있다
급히 먹은 점심 삭히지 못한 트림이 순간 치밀어오르고

그새 무슨 일이 있었던가

방금까지도 기름 자르르 흐르던 구수한 쌀밥
뜨신 김 무럭무럭 오르던
시장기를 누가 훔쳐갔나
그제까지 환하디환하던 흰 목련꽃
씹다 뱉어놓은 밥처럼 그새 누렇게 시들고,
문득 들여다보니
수음하고 닦은 화장지 같은 꽃잎들 머릿속 여기저기 뒹굴고 있다

수미차(水味茶)

정월 초하루 숫새벽에 차를 마신다

다도에도 품계가 있다면 맨 마지막 다다를 곳이 수미차, 말 그대로 물맛차인데
십수 년 마신 다기 잔금에 배어들었다가
희미하게 우러나오는
민낯의 맛

도무지 화장기 없는 그 맛이란 그러므로
동지섣달 첫새벽에 내리는
까칠한 싸락눈쯤 될까

밥 한끼 물 한 모금
거기에 무슨 새큼달큼 야릇한 맛 있던가
갖은 양념에 무뎌진 혓바닥으로는
발라낼 수 없는 담담한 맛

아는 것이라곤 선교사 체위밖에 없어도

3남 4녀 쑥쑥 낳아 좋이 길러낸
이웃집 권집사님
새벽기도 나가시는지 골목길 환하게 부산하다

추상화 보는 법

한사코 보는 것만 보려 한다
수석 취미 가진 사람은 알리라 강바닥에서 주워온 돌에 박혀 있는 온갖 무늬
우리는
한사코 무언가를 떠올리려 한다
누가 말릴 것인가 국화빵에서 국화를 피우려는 그 집요함을,
신기한 건
제목 붙이고 설명 곁들이고 난 뒤에는
누구든 이의를 달지 않는단 사실
아무리 어르고 쥐어박아도 다르게 볼 수 없다는 사실
뭐든 보려면 제대로 봐야 한다는데
디자인이 좋아 사온 로가디스 기성 양복에
굵은 몸통 기어코 끼워 넣으려는 나의 정신은
실리콘 피부색 의수에 끼워놓은
꽃반지 같다

복사꽃

—장석주 시인의 시 「천리 불꽃」을 읽고

'천리 불꽃'이 어디 있나, 영덕 오십천 들판에 복사꽃이 한창이라니 연홍 다홍 분홍 꽃구름 지금 흐드러졌겠다 뼈마디에 탁탁 불꽃 튀는 이 봄날 '신체의 한 말단(末端)이 타'들어가는 '씹 생각'으로 '골똘해지는' 사람도 있겠지만,

태어날 때부터 뒤틀리고 허우적대는 몸에 찾아드는 시끄러움 잠재우기 위해 하루에도 수천 번 절을 올린다는 그 여자, 쉰 해가 되도록 꺼지지 않는 잉걸불은 또 무엇이랴

내일은 모처럼 날이 든다 하니 '천리 불꽃' 더 기막히겠다 불로 뜨거워진 몸은 불로 끄는 게 상책이니 떠올리기만 해도 골똘해지는 '천리 불꽃'에 우리 뺨 데어도 좋으리

* 작은따옴표 부분은 모두 「천리 불꽃」의 시행.

리기다소나무

리기다소나무를 보면
왜 음란한 기분이 드는 걸까 팔뚝같이 곧은 몸통에서 툭툭 불거지는 빳빳한 바늘잎, 겨드랑이 사타구니에 마구 돋아나는 성긴 거웃
어쩐지 불편하기만 한데

지하철 맞은편 자리
맨살 무르팍 가지런히 모으고 새침하게 앉은
민소매 원피스 저 아가씨
자두 알처럼 탱탱한 어깨 잘 빚어놓은 도자기처럼 꼿꼿한 자세에는
넘볼 수 없는 위엄까지 흐르는데

그 아가씨 갑자기
선반 위로 팔을 뻗는 순간, 겨드랑이에 묻어나는 거뭇한 자국!
파아—, 참았던 숨이 터져나오면서
석고상 같은 창백한 마음에 핏기가 돌아
시큼한 땀내,
젊은 어머니 겨드랑이 털이 낯설었던
어린 시절의 불편한 마음 덩달아 알 듯 말 듯 만져지고,

과연 그런 적이 있었다 밤마다 땀내새 풍기면서 이불속으로 기어들어오던 리기다소나무

불두덩에 곱슬곱슬 검은 거웃이 돋아나던 검붉은
사춘기 무렵이었던가

꽃을 꽂는 여자

사람들 붐비는 서울역 광장

양복 입은 사람 몇, 불볕 아래 확성기 볼륨을 최대치로 올리고 찬송가를 부른다 숨쉬기에도 벅찬 8월 염천 짜증스러운 눈길 아랑곳하지 않고 복음을 노래한다

만질 수 없는 복음을 물상으로 바꾼다면

꽃이 아닐까

노래처럼 꽃을 늘 머리에 꽂는 여자가 있었다 '동지섣달 꽃 본 듯이 날 좀' 봐달라는 뜻이었을까

꽃을 꽂은 아름다운 그녀

한 번도 찡그리는 걸 본 적이 없다 꽃을 꽂는 마음 곱기만 한데 막다른 골목길에서 맞닥뜨리는 그녀를 사람들은 왜 섬뜩해하는 걸까

억머구리 울음 같은 기도 소리

거친 발자국이 짓밟고 간 시골교회 부흥회 담벼락에 달맞이꽃이 환히 피고, 그 여자 감춘 희디흰 몸에 핀

새카만 꽃 한 송이

복음도 피해 간 멀쩡한 몸 꽃 한 송이였다

3부

등꽃 그늘 아래

신천 둔치를 걷다가 등나무 그늘에 들었습니다
훅, 끼쳐오는 등꽃 향기 연보랏빛 조명 아래
먼저 오신 손님이 두 분
생머리 질끈 동여맨 맨발 운동화 망초꽃께서는
키 나지막한 개를 데리고 오셨고
가루분 얼룩 번진 목단꽃께서는 벤치에 엎드려
벼룩시장을 들여다보십니다
평일 한낮 시민공원에는 고요도 여윈 몸으로 비칠거리고
그러기에 구름은 자꾸만 뚱뚱해집니다
화장기 없는 얼굴 저 망초꽃께서는 잇바디가 고른데
그늘 바깥의 꽃 풍경은 아랑곳없이
뚜뚜뚜 발신음만 듣고 앉아 계시고 마악
자줏빛에서 보랏빛으로 넘어가고 있는 목단꽃께서는
구인란 페이지를 보고 또 들여다보십니다
나는 물위에 떠 있는 오리를 보다가
우두둑 구름이 무릎 펴는 소리를 듣기도 하는데
한 식경을 앉았어도 우리는 말이 없었지요
품고 있는 구름의 형상은 저마다 달라도
말없음 한 가지로 우리는 똑같았습니다

어둠

웬일로 밤늦게 찾아온 친구를 배웅하고 불 끄고 누우니 비로소 스며든다 반투명 셀로판지 같은 귀 엷은 소리, 갸녈갸녈 건너오는 날개 비비는 소리, 달빛도 물너울로 밀려든다

아하, 들어올 수 없었구나!

전등 불빛 너무 환해서 들어올 수 없었구나 어둠은, 절절 끓는 난방이 낯설어서 발붙일 수 없었구나 추위는,

얼마나 망설이다 그냥 돌아갔을까
은결든 마음 풀어보지도 못하고 갔구나 폭포수처럼 쏟아지는 내 이야기에 멍만 안고 돌아갔겠구나

목젖

불붙은 담배꽁초를 오줌 눈 곳에 던져 넣고 물을 내리니 먹기 싫은 알약 삼킨 아이처럼 변기가 부르르 온몸을 떨어댄다
가로막는 목젖이 거기 있다는 듯이 삼켰던 물을 그르르르 게워놓는다
물 한 대접을 다 들이키고도 넘기지 못한 캡슐처럼
도로 뱉어내는 담배꽁초

하기야 누군들 쉬이 삼킬 수 있으랴
제 몫의 금간 얼굴을,

지렁이

몸에 묻힌 흙먼지만 아니었더라면 나는
그가 춤을 추는 줄 알았을 것이다
초여름 볕 짱짱한 대낮
온몸 뒤틀며 뒹굴고 있는 검붉은 지렁이 한 마리
현기증 나는 춤사위 동작 펼치고 있다
어제 그제 비 그쳤는데
무슨 까닭으로 밝은 낮 흙길에 나와 허공을 후벼파고 있을까
어떤 시인은 지렁이가 비의 뿌리라고 했지만
아니다, 지렁이는 땅의 뿌리
여린 꽃 매달았던 모과나무가 옮겨간 자리에 뭉텅 끊어진 뿌리
몸체의 기억을 품은 실뿌리 하나가
뻥 뚫린 허공을 헤집다 빠져나와 여기 뒹구는 게 아닐까
'학교 다녀올게요' 현관문 닫고 나간 아이
한줌 재조차 없는 완벽한 부재
몸통 쑥 빠져나간 구덩이에서 삐져나온
굵은 칼금의 기억 한 가닥이 여기 검붉은 몸뚱이로 뒹굴고 있는 게다
표피가 훌렁 벗어진 벌건 살점
공기가 닿을 때마다 불길 이는 통증, 길고 붉은 혓바닥이 다디달게 제 몸을 핥고 있는 거다
그 황홀한 춤, 고통의 도취!
나는 고독한 춤을 지켜보다가 입 닫고 가던 길

춤사위 걸음걸이로 다시 걸어나갔다

그이들은 다 어디로 갔나

버들꽃 날리는 봄날 한낮
디지털로 복각한 눈 희미한 노래 듣는다

카랑카랑한 목소리 바로 눈앞에 있는데
문득 사람은 없다

한 겹 노래 무늬만 남겨놓고
그이들은 어디로 갔나

화상 입은 물집처럼 무늬만 벗어놓고
그이들은 다 어디로 갔나

"여보, 사랑해요 미안해요"

불붙은 지하철 녹아내리는 시뻘건 쇳덩이에
깊이 새겨놓은 목소리

하루에도 수십 번 휴대폰 뚜껑 여닫아
그 무늬 매만지는 사람도 있겠다

바라보다

팥물 엉기듯 엉겨드는 저녁 어스름
이라크발 뉴스 속보를 보며 골목길 돌아나가는데 생선 굽는 냄새를 타고 자지러지는 비명이 들려왔다
곤약처럼 고인 저녁 공기를 찢는 그악스러운 소리
조막만한 스피츠가 덩치 큰 잡종견을 향해 목청 찢어져라 짖어대고 있었던 것
나무젓가락같이 가는 뒷다리 사이 꼬리를 말아 넣고 부들부들 떨어대며 짖어대는데 그새 오줌이라도 질금거렸는지 허벅지 털이 젖어 있다
그러거나 말거나 사나운 개는 담벼락에 찔끔찔끔 오줌을 싸면서 거들떠보지도 않는데,
가만히 보니 그게 아니다 짐짓 무표정을 가장하지만 슬슬 돌아다니는 놈의 발길은 정확히 작은 놈의 공포를 겨냥하고 있었던 것
저놈의 개새끼!
순간, 불끈 주먹을 쥐었지만
돌멩이의 일을 꽃이 간섭할 수는 없잖은가 아무렴, 나는 순리를 따르는 사람
그 생각 위에 방점 찍고 고개를 돌리는데
보도블록 위에 자작하게 말라붙고 있는 토사물 밥풀 쪼던 집비둘기가
빤히 나를 바라보는 것이었다
눈꺼풀 없는 눈으로 똑바로 나를 올려다보는 것이었다

새

아스팔트 한복판 걸레뭉치 같은 게 던져져 있다 엉겁결에 타넘으며 힐끗 보니
반쯤 몸통이 벌겋게 으깨진
새!
퍼득퍼득 한쪽 날개로 아스팔트를 긁어대는 다급한 동작, 곳곳에 핏물 검붉게 번져 있지만
정작 있어야 할 단말마의 비명은 없다
표정이 있을 리 없는 얼굴은
멀뚱, 대체 이게 무슨 일이냐는 듯
꿰맨 단추 같은 눈 동그랗게 뜨고 연신 두리번거리고 있을 따름,
차들이 씽씽 오가는 6차선 도로
몇 초 뒤에 다가올 마지막을 예감하는 건 언어의 그물에 사로잡힌 오직 내 몫의 공포일 뿐
그 길고도 짧은 시간
추스르며 뒤돌아보니 생사에 발목 잡혀본 적 없었을 초등학생 아이 둘 재잘대며 걸어오다가
저희들 말로 수군대다 이내 발길을 돌린다

산부인과에서

비닐하우스 같은 신생아실
노란 참외가 줄지어 누워 있다 줄기와 헤어진 자국은 배꼽으로 여물어가고
아가미 채 지워지지 않은 숫구멍으로
안팎이 넘나든다

하지만 뭘가? 갓난아기들은 왜 한사코, 한결같이 두 주먹을 움켜쥐고 있는가

그 먼먼 곳에서 받아 온 밀서라도 쥐고 있는 듯 숨기고 있지만 그 속에는
저마다 새겨온 잎맥
줄기와 꽃과 열매의 예감

싹 틔울 일이 당장 급해서 시들고 곪고 썩어가는 내일을 미리 따져볼 수는 없겠지만

지금은 다만 저 눈엽(嫩葉)의 시간 앞에서 짐작하거니
피고 지고 지고 피는 일은
오롯이 꽃의 몫이되
천추만세 변치 않는 바깥의 저 섭리는
누가 언제 정해놓은 것인가

마늘

장아찌 담그려는지 간장 달이는 냄새
온 집에 진동한다
제아무리 성질 사나운 말갈기처럼 날뛰던 마늘도 간장 끼얹으면 잠잠해지니 도무지 경이로운 일

싱크대 위 통마늘
신생의 기운이라곤 눈 닦고 찾아봐도 없는 겨울 막바지, 밭에서 갓 뽑은 듯 푸릇한 햇마늘

마늘통에 코 갖다대니
마늘이기 전에 풀이었다는 듯
풋풋한 풀냄새

면사포 쓴 신부처럼 희디흰 살결이다
화장대 앞에 앉은 젊은 아내의 히프처럼 둥글넓적 퍼진 둔부의 곡선, 보일 듯 말 듯 묻은
수줍은 선홍빛이 에로틱하다

백합과 외떡잎식물 구근에서 백합꽃을 읽어내는 사람이야 드물겠지만 위벽 훑는 비늘줄기의 사나운 미각이란 고삐 없이 날뛰는
내 속의 자연,

간장 끼얹은 단지 속 들여다보니 갓 서른에 혼자 된 어

머니가 끼고 있던 백동 가락지
　월력 음 이월의 그믐달이 돋아 있다

살구나무 꿈을 꾸다

꿈자리가 환한 날이 있다
겨드랑이가 전등 켠 듯 환한 날이 있다 화들짝,
덜 깬 잠 씻어내고 내려다보면
아파트 4층 아래
어저께까지 없던 분홍 솜이불 한 채가 펼쳐져 있다
지난해 돌아가신 임영조 선생은
어느 해인가 사막 여행 승합차 옆자리에 앉아
꽃핀 살구나무는
꽃상여 타고 오신 어머니라고 선심 쓰듯 귀 어둔 비밀을 속삭여주셨는데
오늘 이 아침
어머니 모시고 시인이 잇몸 환한 웃음으로 찾아온 게 아닐까
말해놓고 보니 정말 저 살구나무
아파트 겨드랑이에 햇솜이불 펴놓은 저 살구나무는
무엇이 급해 서둘러 가신 우리 어머니
해마다 안부를 분홍으로 매단 게 아닐까 싶기도 한데
그 환한 말씀 꽃불을 켜 밤새도록 새도록
꿈자리를 밝힌 것은 아닐는지
그 말씀 활짝 꽃피워 피워
축축한 내 베개 자리를 말려주었던 건 아닐는지

나뭇잎 하나하나가 다 나무의 어머니

백화점 옥상 하늘정원
앳된 엄마가 갓난아기에게 기저귀를 갈아주고 있다
초여름 빗질 잘된 바람은 비둘기 깃털처럼 마음씨가
가지런한데 버드나무 속살로 빚은 펄프 기저귀는 뽀송뽀
송한 흰빛,
마구 벙그는 배냇짓에 눈길 주다가
무심코 아래쪽을 보니

아, 꽃봉오리!
촉촉하게 이슬을 머금은 겹겹 장미 꽃잎

나뭇잎 하나하나가 다 나무의 어머니려니*

피고지고피고지고피고지고
끝없이 열리고 닫히는 우주의 숫구멍

꽃눈 맺힌
그 자리로 연둣빛 눈엽의 시간이
뭉클, 피어올라
나도 모르게 휘청 무릎을 꿇고 마느니

* 베트남 승려 틱낫한(Thich Nhat Hanh)의 법어.

4부

봄비

한올 한올 매화 꽃가지
붉은 색실이 풀리고 있다

홍얼홍얼 수로를 따라 흘러드는
눈 희미한 콧노래

어머니, 아득한 그곳에서 재봉틀 돌리시는지

한땀 한땀
흰개미들 내려와 풍경을 꿰매고 있다

낡은 영화필름처럼
느리게 느리게 재봉틀이 돌아간다

어머니 노루발 지나간 바느질자국에
다시는 몸 아픈 날들 오지 않으리라

모든 안팎이 사라지리라

내가 강에 가는 이유

사람들은 묻는다 왜 강에 가느냐고, 인적 드문 적막 강변에 무슨 볼일이 있느냐고, 아내가 싸준 도시락 들고 집 나서면서 나도 물어본다 나는 왜 강으로 가는가

비둘기를 실은 낡은 바퀴 구슬프게 굴러가고 시절을 잊은 시집은 차 바닥에 뒹구는데 부지런한 버스가 부려놓은 씩씩한 공장 지나쳐 나는 왜 날마다 강으로 가는가

반듯한 교과서 명랑한 군대, 나날의 구름 안색 저리 훤하건만 눈 흘기는 물총새 삐죽이는 자갈 비웃음 받으며 평일 대낮에 나는 왜 강으로 가는가 곰곰이 생각해봐도 답 찾을 길 없을 때

풀숲 자갈밭에 퍼질고 앉아 밥이나 먹는다 뜨겁게 끓어올랐다가 식은 쌀밥은 말없음표처럼 촘촘하고 흰 두부의 먹먹함 사이 비쩍 마른 멸치의 서러움을 키 큰 붉은 여뀌 목 빼어 기웃거린다

태풍 매미가 할퀸 제방은 벌건 살점을 드러내고 손발 다 잃은 버드나무가 찢어진 비닐을 날개인 양 달고 서 있다 거센 물살에 떠밀려와 눈뜬 채 제 살점 개미떼에게 떼어주는 참붕어

모로 일제히 쓰러진 갈대풀 속에는 누가 옮겨놓았을까

붉은 우단 의자 하나, 그 위에 내려온 하늘이 턱 괴고 앉아 물소리를 듣는다

예나 제나 한결같은 모습은 쉼없이 부닥쳐오는 입술에 귀 맡겨둔 물속의 돌멩이, 어룽대는 물빛에 내 낯빛 비춰보고 저물녘 말없이 집으로 돌아온다

와서는 말하리라 돌멩이 얼굴에 꽃이 피었네? 능청 부리면 짐짓 모르는 척 받아주는 아내의 몸에 찰박이는 물소리는 서럽게 내 몸에 울려퍼지리라

당나귀 이야기

새천년 서울에서 당나귀를 타고 다닌다면 당신은 싱겁게 웃겠지요만, 시골 사는 제가 서울역에 내리면 제일 먼저 반겨주는 게 그놈입니다 서부교통 3-1 마을버스, 큰딸이 자취하는 북아현동 두산아파트에서 서부역까지 쉬엄쉬엄 다니는 그 녀석은 역 주변에 엎드려 있다가 제가 가면 알은체 벌떡 몸을 일으키지요

북아현동 산비탈, 가보신 분은 아시겠지만 참 기막힌 동네 아닙니까 한여름 수박덩이를 들고 초식동물 창자처럼 좁은 골목을 올라가려면 햐, 한숨부터 나오지요 그 꼬불꼬불한 골목을 요리조리 피해 가면서 산꼭대기까지 올라갑니다 마치 몸집 작은 당나귀처럼,

몇 해 전에 갔던 타클라마칸 오아시스 투루판에서는 당나귀가 유일한 교통수단이었어요 동화 같은 얼굴이지만 가끔 수틀리면 강고집을 부리기도 한다는데 그럴 땐 아무리 가죽 채찍 휘둘러도 옴짝도 안 한다지요 캄캄 입 닫고 어머니의 잔소리를 견디던 낡은 사진첩 속 아버지처럼,

가뜩이나 부실한 어깨로 큰집 작은집 식구를 짊어졌던 아버지의 과부하처럼 당나귀의 낡은 엔진은 늘 그렁거리지만 삼덕쌀집 아줌마, 보인당 도장집 할배, 모처럼 딸내미 집 찾아가는 시골 촌놈 가리지 않고 태워주면서도 요

금은 단돈 오백 원, 눈감으면 코 베어간다는 서울, 번다한 종로통 뒷골목에 숨어 있는 피맛골

높은 사람 행차 피하라고 뚫은 골목이 옛 서울의 숨통을 틔워주었듯이 이 자그마한 당나귀가 자본주의의 실핏줄을 뚫어냅니다 막다른 골목 어둑신한 구멍가게에 쓸개처럼 매달린 알전구가 시장기를 헹구는 저녁답, 살아생전 못 본 손녀딸 첫 출근을 당신도 지켜보고 싶으신지 은테 두른 앞니 아버지 당나귀 순한 웃음 슬몃, 옆자리에 끼여 앉습니다

감나무가(家) 약사(略史)

아침 설거지라도 하시는가
숯검정 묻은 감나무 둥치에 한 무리 참새 왁따그르르르 철수세미 같다

옛 큰집 뒤란에는 감나무가 많았다
불 지필 때마다 해소 가래 끓어오르는 굴뚝 곁
돌감나무 여남은 그루
그을음 묻힌 채 늙어가고 있었다

늦은 저녁 모내기 마치고 돌아온 큰고모가 사기그릇에 푸슬푸슬 펴 담아주던 햇곡 보리밥 냄새 저 둥치에서 풍겨난다

생각건대 감나무는 역사책이다
닥나무 한지 족보처럼 묵은 하늘에 연둣빛 세필로 조곤조곤 적어내려가는
감나무가 약사

지난겨울 큰고모의 마지막은
새소리 한 점 없는 고샅길이었다 빚 얻어 상가 주택을 짓다가 쓰러진 고종형이 두 번이나 수술하고도 집으로 돌아오지 못해, 자물쇠 채워놓은 방 안에서 똥오줌 뭉갠 기저귀 차고 돌아갔다
혼자 나왔던 그 길 혼자 되짚어갔다

왁자지껄 다시 쏟아지는 소리

은박지 구기듯 혀 짧은 지저귐, 부리 닦은 곳에 연둣빛은 점점이 찍히고 출근길 멈춰 바라보는 물기 젖은 하늘 저편

바투 깎은 발톱에 돋은 분홍 새살처럼
날빛 시간이 돋아나고 있다

나비 키스

몸이 빚어낸 꽃이 나비라면
저 입술, 날개 달고 얼굴에서 날아오른다
눈꺼풀이 닫히고 열리듯
네게로 건너가는 이 미묘한 떨림을
너는 아느냐
접혔다 펼쳤다 낮밤이 피고 지는데
두 장의 꽃잎
잠시 머물렀다 떨어지는 찰나
아, 어, 오, 우 둥글게 빚는 공기의 파동
한 우주가 열리고 닫히는 그 순간
배추흰나비 분가루 같은
네 입김, 어디에 머물렀던가?

눈동자

왕릉에서 나왔다는 거울
들여다보니 얼굴이 두 쪽으로 갈라져 있다 다행이다, 거울이 오래전에 갈라졌다(破鏡)는 사실을 아내는 아직 눈치채지 못한 모양이다

도대체 누가 무덤 속에 거울 묻을 생각을 했을까 끔찍한 일이다, 무덤 속에
눈꺼풀 뜯어낸 눈이* 묻혀 있다는 사실

몇 달째 버려져 있는 골목길 포마이카 화장대
기울어진 거울에 담겨 있는
새파란 하늘
사각으로 잘린 그 하늘 너머로는
깊이를 알 수 없는 아득함이 펼쳐져 있고……

얼마나 두려운 일이냐 숨을 데 없는 시선은
훗날 그림자 말아쥐고 돌아갈 때 제발 나는 아내와 나란히 묻히고 싶지 않다
아무렴, 제 눈을 들여다보고
끔찍해하지 않을 사람 어디 있으랴

그래서 사람들은 서둘러 봉분 올리고는 휘파람 불며 제 손톱 밑에 낀 까만 때를 후벼파는 것이다

* 최승호 시인의 시, 「거울과 눈」에서 빌림.

부부

큰 병 앓고 문간방으로 거처 옮기고 보니 문득 아내가 손님 같다 이런 세상에, 어쩌자고, 이럴 수가*, 짐짓 어깨 껴안고 볼 비벼보지만 돌멩이와 장미**처럼 서먹하기만 하다 좁고 딱딱한 목곽에 누워 안방의 기척 살피면 문득 적막한 새소리***, 창밖에는 한나절 펼쳐놓았던 그림자 멍석 말아 쥐고 휘척휘척 뒷모습으로 키 큰 나무가 걸어가고 있다 한 가지에 깃들어 살다가도 가는 곳을 모를**** 아내여, 언제는 깊이 묶여 떨어질 수 없을 줄 알았는데***** 이제 보니 홀로 가는 벼랑길이었구나 검보랏빛 어둠 내려앉는 이 어둑 저녁, 손바닥 기름접시에 심지 돋우는 저 백목련 곁으로 돌멩이 등짐 진 나비떼 지금 날아오르고 있다

* 이성복, 「높은 나무 흰 꽃들은 등을 세우고 22」에서 가져옴.
** 정영선, 「장미라는 이름의 돌멩이를 가지고 있다」에서 가져옴.
*** 황동규, 「적막한 새소리」에서 가져옴.
***** 월명사, 「제망매가」를 바꿔 씀.
****** 이성복, 「높은 나무 흰 꽃들은 등을 세우고 22」에서 가져옴.

어머니

겹벚꽃 한 그루 어두워지고 있다

칠 벗겨진 창틀 너머
우두커니 파놓은 우물을 들여다보며
제 몸 지우는 꽃나무

한나절 벌떼도 잉잉대다 돌아가고
한줄기 거센 바람에 흩어지는
꽃잎, 꽃잎들

저 살점, 살점들

세상 흐린 물소리는 뿌리 밑으로 고여들어
고름이 되고
그 샘물에 다시 머리를 감는다

어머니, 어두워지는 당신 몸속으로 이 봄날
겹벚꽃이 지고 있어요

걸어가는 재봉틀

사람으로 치면 환갑 진갑 다 지난 그 개는 한 번도 목줄을 맨 적이 없다 허긴 세상에 제 딸에게 목줄을 맬 어미는 없을 터, 오징어젓처럼 짓무른 눈으로 동네 파리떼 다 불러모으는 개를 우리 아파트에서 모르는 사람은 없다 이를테면 주민등록표에 등재되지 않았을 뿐 그 개는 10여 년 전부터 이 동네 주민이었던 셈이다

차들이 씽씽 달려드는 6차선 도로를 목줄도 없이 졸레졸레 따라 건너갈 때는 보는 사람이 더 오금 저리지만 웬만한 초등학생보다 더 눈치 빤한 개는 전혀 걱정 마시라는 투다 그럴 때 보면 이태 전 호적에서 지워진 그 집 외동딸이 몸 바꾼 게 아닌가 싶기도 하다 치렁치렁한 긴 털에 꽂은 머리핀과 새빨간 나비 리본, 오늘은 골무 같은 비단 신발 신고 나들이 나왔다

그 옛날 아버지가 장만한 낡은 부라더미싱 발통에 어머니도 신발을 지어 신겼다 흠집투성이 몸에 고개 굽은 재봉틀, 그래그래— 턱없는 투정에도 고갤 끄덕이던 재봉틀, 아버지 가시고 난 뒤 재봉틀은 어머니의 그림자가 되었다 늦은 밤 잠든 척 귀기울여보면 밑실을 물고 나오는 윗실처럼 재봉틀은 꾸벅꾸벅 대화를 이어가는 것이었다

저기 늙은 재봉틀이 지나간다 비단 골무신발 신은 채 도꼬마리 씨앗처럼 내 등뼈를 밟고 간다 바늘땀 같은 발

걸음 헝클어지더니 킁킁, 전봇대에 찔끔찔끔 오줌을 갈겨댄다 그리고는 잊었다는 듯 부리나케 제 엄마 곁으로 뛰어가 다소곳이 몸 기대는 것이다 늙은 처녀 흰둥이가 털거죽을 벗는 순간이다 그때, 그 엄마의 얼굴이 나팔꽃으로 피어나는 걸 나는 지켜보았다

여울물은 하늘에서도 쏟아진다

길모퉁이를 도는 순간
쏴아아아 세찬 물살 소리, 올려다보니 은사시나무 우듬지에 살여울이 지나가고 있다
여울물은 하늘에서도 쏟아지는구나
소름 돋은 팔뚝 문지르며 다시 보니 파르륵파르륵 잎사귀들 손발을 흔드는 것 같다
저 나무,
몸속 어디에 고압 모터라도 숨겨놓았다는 것일까 수십 미터 저 꼭대기까지 어떻게 수액을 올려보낼 수 있었을까
하긴 모세관 현상 같은 범상한 원리로 어찌 하늘의 신성을 훔칠 사다리를 세울 수 있으랴
알고 봤더니 그것은 발목 때문,
사람이든 나무든
직립하는 것들은 모두 발목이 펌프라는 것, 프로펠러 돌리듯 발목을 흔들어 수십 길 높이까지 수액을 빨아당길 수 있다는 것이다
그래서 아버지 때로 나무처럼 물구나무서서
하루의 부종을 풀어냈던 것일까
종일 시큰거리는 발품을 팔아 얻은 군내 나는 두어 됫박 좁쌀로 성근 까치집 같은 허술한 가계를 꾸릴 수 있었다는 것일까
너무 일찍 벗은 발목,
구름 시렁에 걸어놓고 아버지 어디서 안쓰러운 물소리

움켜쥐고 계시는지
빚 얻을 인감 떼러 동사무소 가던 길
갑자기 쏟아진 여울물 소리에 옴빡, 나는 온몸이 젖어서

봄밤의 뼈를 만지다

—재학에게

너는 흰 꽃에 손을 집어넣어
숨죽여 우는 고양이의 울음을 끄집어낸다
봄밤, 우리의 지붕은 항용 무뚝뚝했고 달빛은 기왓골을 타고 내려
바다를 이루었다 그때 창문에는
달빛이 생선 가시처럼 걸려 퍼드덕거렸지
날 선 파도를 물고 달아나던 고양이는 지난겨울 독서실 담벼락 아래 죽어 있었고
눈알이 박혀 있던 자리에 기어나오는 흰빛에
침 뱉으며 머리가 센 할매들이
화투를 치러 가는 것을 본 적도 있다
그 빛은 저들끼리 모여 굴러다니다가
지하실로 스며들고 혹은 하늘에 떠올라 무겁고 가벼운 중심을 이룬다
어젯밤에는 루핑 지붕 위 전선이 밤새
숨죽여 우는 소리를 들었지
온몸에 구멍이 숭숭 뚫린 몸속으로
한자리에 머물지 못하는 바람들이 몰려와 피리를 불어댔어
날치처럼 달아나는 날짜를 잡으러 우리가
나날의 창문을 여닫는 순간
커튼을 열고 나오는 흰 꽃을 보기도 했어 그때
무겁게 내려앉는 하늘에는 조개구름이 잔뜩 끼어 있었지 소리 죽여 우는 흰 꽃들이 있기에

오늘은 어쩐지 꽃가지 위에 앉은
눈먼 고양이들을 만날 것 같은 예감이다

꽃눈이 생겼다는 거지

그래, 꽃눈이 생겼다는 거지
함부로 몸을 만지지 말라는 거지 아이가 껴안으려는 나를 한사코 밀어낸다
그래, 열두 살이라면
고치를 만들고도 남을 나이
늘 열어놓던 방문도 자주 닫히고
눈에 띄게 말수가 줄어들었다 보지는 않았지만 일기장 두께가 두꺼워지고 있으리라
지난달에는 전화 요금이 두 배로 늘었다
늦은 밤 문틈으로 새어나오는
라디오 소리
공명통 같은 고치 속에서
콧등에 난 수두 자국 같은 네 몫의 시간을 너는 맨발로 건너가고 있으리라
누구도 손 뻗어 거들 수 없는 어둠이기에
팔짱 낀 시간 견딜 수밖에 없겠으나
며칠째 굳게 닫혀 있는 고치 속이 하 궁금해
들여다보니 아뿔싸,
금성라디오 앞에 엎드려 졸고 있는 중학생 나를 걱정스레 지켜보던
어머니가 거기 앉아 계신다

단풍

화투장 쥐고 함부로 몸 부린 다음 날 아침은 오줌색이 진하다 신문지 덮어 복도에 내어놓은 짬뽕 국물처럼 졸아붙은 빛깔

몸이 일기를 쓰는 셈이다

마음이 시끄러우면 몸이 시끄럽고 시끄러운 소리 시끄럽게 쌓이고 쌓이면
이슥고 단풍이다

쥐면 금세 바스러질 듯
녹물 든 마음

버캐 낀 변기처럼 짜디짠 얼굴
저 거울 속에 갇혀 있다

밥 먹는 일

큰 수술 받은 아내하고 둘이서 일요일 늦은 아침을 먹는다 모름지기 밥 먹는 일의 범상하지 않음이여, 지금 우리는 한차례 제사를 드리고 있다 생기 잃은 몸에 정성껏 공양을 드린다 한 숟가락 한 숟가락 온 맘을 다해 청포 갖춰 입은 방아깨비처럼 절을 올린다 꾸벅꾸벅 서로의 몸에 절을 올린다

문학동네포에지 062
달과 뱀과 짧은 이야기

초판 인쇄 2022년 1월 25일
초판 발행 2023년 2월 6일

지은이—장옥관
책임편집—김민정
편집—유성원 김동휘 권현승 유정서
표지 디자인—이기준 김유진
본문 디자인—이주영
마케팅—정민호 이숙재 김도윤 한민아 이민경 정유선 김수인
브랜딩—함유지 함근아 김희숙 고보미 박민재 박진희 정승민
제작—강신은 김동욱 임현식
제작처—영신사

펴낸곳—(주)문학동네
펴낸이—김소영
출판등록—1993년 10월 22일 제2003-000045호
주소—10881 경기도 파주시 회동길 210
전자우편—editor@munhak.com
대표전화—031-955-8888 / 팩스—031-955-8855
문의전화—031-955-2696(마케팅), 031-955-8865(편집)
문학동네카페—http://cafe.naver.com/mhdn
인스타그램—@munhakdongne / 트위터—@munhakdongne
북클럽문학동네—http://bookclubmunhak.com

ISBN 978-89-546-9012-6 03810

www.munhak.com

문학동네